AF384697

MEDAILLE

DU PERE

DE LA CHAIZE

JESUITE,

CONFESSEUR DU ROY

TRES-CHRETIEN;

A

DES REFLEXIONS

A COLOGNE,

Chez PIERRE MARTEAU.

MDC. XCVIII.

MEDAILLE
DU PERE
DE LA CHAIZE,
JESUITE,
CONFESSEUR DU ROY T. C.

Avec des Réflexions.

IL a paru depuis peu une Medaille frappée en l'honneur du R. P. de la Chaize, Jesuite, Confesseur du Roy Trés-Chrétien. Il y est si bien representé en son habit ordinaire ; & tous ses traits sont si ressemblans qu'on ne peut douter que ce ne soit véritablement luy. Ceux qui l'ont veu, n'auront pas de peine à l'y reconnoître: & ceux qui ne le connoissent pas, en peuvent être assurez par cette legende qui est autour du Portrait : *R. P. de la Chaize à Confess. Reg. Chr.* Il y a dans l'exerque 1690.

Le revers de cette Médaille fait voir la figure du Grand Pontife de l'ancienne Loy, comme il est aisé d'en juger par les habits, qui, comme

cour

tout le monde fçait, ne conviennent qu'à luy, felon les defcriptions qu'on en trouve dans l'Ecriture Sainte & ailleurs. Il y tient de la main droite un Encenfoir, & il y réleve de la gauche le rideau d'une tente ou pavillon, qui couvre un Autel où l'Arche eft pofée : & on lit autour cette infcription, *mihi Sancta patent.* Tout celà eft fi propre & fi particulier au Grand Prêtre, qu'on ne le fçauroit entendre d'aucune autre perfonne. Parce qu'outre que fes habits le diftinguent affez, le Sanctuaire eft l'Arche d'alliance, & le Saint des Saints d'où perfonne ne pouvant approcher que le Grand Prêtre, lui feul avoit droit de dire : Le Sanctuaire m'eft ouvert : *mihi Sancta patent.* Ainfi il eft conftant que cette Médaille eft véritablement du P. de la Chaize : Sa figure, fon nom, fon habit, fa qualité nous en affeurent. Et fi quelqu'un vouloit encore en douter, on l'en pourroit convaincre par le P. de la Chaize même qui l'a avouée dans un Livre qui luy a été dedié à Paris fous le titre de *Traité des penfions Roïales :* Et où l'on voit à la tête de l'Epître Dedicatoire fes Armes avec cette Médaille & fon revers, de la maniere que je viens de la reprefenter. Quoique ce Livre n'ait été imprimé qu'en 1695. l'eftampe qui contient la Médaille porte ces paroles : *Offerebat Renatus Richard. an.* 1692. Ce qui fait juger qu'elle peut avoir fervi encore à quelque autre Livre, comme quelques-uns l'affûrent : pour moy je n'ay vû que celuy-là.   Quoi

Quoi que le R. Pere ait choiſi ce moïen pour éterniſer ſon nom, & faire connoître à la poſterité l'importance de ſon emploi, par une voie plus ſeure que tous les Livres qu'il auroit pû compoſer, & que l'hiſtoire même; puis qu'encore que les Médailles en faſſent une partie, il y a néanmoins cette difference, que la matiére en eſt plus durable, & qu'elles denotent toûjours un fait ſingulier, & une action illuſtre ou ſurprenante qu'on a pris ſoin de diſtinguer, afin qu'elle brillât davantage dans l'hiſtoire de celuy qu'on veut honorer, & pour en conſerver mieux la memoire : Il y a néanmoins en celle-cy quelque choſe de ſi extraordinaire qu'on n'a pû la laiſſer paſſer ſans y faire quelques réflexions ſur les rapports qui ſe peuvent trouver entre le R. Pere & le Grand Pontife; & qui ne paroiſſent pas tout-à-fait juſtes & precis.

Il faut convenir dés le commencement que le R. Pere a choiſi le Grand Pontife comme le plus propre à ſe mieux faire connoître, & à manifeſter ſon caractére & ſon emploi : en ſorte qu'au ſens de la Médaille le Pere Confeſſeur eſt le même que le Grand Prêtre, & que les prerogatives de l'un ſont les mêmes que celles qu'on attribuë à l'autre. Voyons donc dans le détail

1. Si ce Pere ſoûtiendra bien toutes les convenances qu'il pretend, & s'il ſe trouvera parfaitement ſemblable au Grand Pontife.

A 3

2. Exa-

5. Examinons ſi ces paroles, *mihi Sancta patent*, les choſes Saintes me ſont découvertes, ſont bien appliquées au P. Confeſſeur, & ſi on les doit regarder comme dites pour luy.

§. I.

L'on examine les pretendus rapports du Grand Sacrificateur avec le R. P. Confeſſeur.

QUoi que les habits ne tirent pas à conſequence en beaucoup d'occaſions; il eſt pourtant vrai que quelques perſonnes ſont obligées dans certains emplois de ſe diſtinguer par des parures ſingulieres. Les Rois, par exemple, ſont habilez differemment dans leur lit de juſtice, dans l'audiance des Ambaſſadeurs à la guerre, & dans les actions communes de leur vie ordinaire. Leurs principaux Officiers ſe diſtinguent de même dans leurs fonctions; & les autres perſonnes juſqu'aux moindres, marquent par la difference de leur habillement, leur diſtinction ſelon l'action où ils ſont obligez de paroître. Le Grand Prêtre qu'on voit en cette Médaille, n'a ſon habit ſi ſingulier, ſi ſaint & ſi myſterieux que pour marquer la Majeſté de ſon Miniſtere, & afin que ſa dignité fut reverée.

Mais nous ne trouvons point qu'il y ait eu juſqu'à preſent d'habit particulier pour le R. P.

Conf

Confesseur , ny aucune marque exterieure
pour le tirer du commun des autres Religieux
de sa Compagnie. On dira peut-être qu'il n'a
affecté aucuns habits particuliers pour marquer
son état , parce qu'il se sentoit assez distingué
par lui-même sans avoir besoin d'aucune marque exterieure pour annoncer sa dignité comme faisoient les habits du Grand Prêtre: (a) *Ut
audiatur sonitus quando ingreditur & egreditur
Sanctuarium in conspectu Domini.* Pourquoi donc
se comparer au Pontife ?

Qui dit Pontife , dit le Ministre des choses
saintes, *Princeps Sacrorum & Religionis* , comme remarque un ancien, Le R. Pere est-il
Chef , est-il Prince de nos Saints Mysteres &
de nôtre Religion? Le croit-il, ou veut-il nous
le faire croire ? Agit-il en cette qualité ? Tout
ce qui se traite en l'Eglise doit-il passer devant lui? Et les incidens qui surviennent tous les
jours sont-ils decidez par sa seule autorité? Enfin a-t-on jamais vû que pour avoir à ses pieds
dans le ministere de la penitence la Sacrée Personne de nos Rois , aucun Confesseur que lui ,
ait fait une telle comparaison, qui lui attribue-
roit , si elle étoit juste, le droit de se dire Prince de la Religion , de ses Mysteres , & de tout
ce qui compose l'excellence de l'Eglise ? Il est
le premier , qui ait porté si loin les fonctions
d'un Ministere , que tous les bons Prêtres
ne regardent qu'avec fraieur , pendant qu'il ne

A 4

le

(a) *Exod.* 28. *v.* 25.

æ confideré que fous une Idée éclatante & fla-
teufe.

Le Grand Prêtre entroit une-fois l'an dans le
Sanctuaire comme chacun fçait : Et l'on ne s'é-
tendra point icy, à examiner comment & pourquoi cette regle avoit été établie, Mais quelque qu'en foit la raifon, le R. Pere en fait-il
autant ? Et comment trouver de la convenance
en ce point, & le lui appliquer? En vain y cher-
cheroit-on un rapport.

Le fecond emploi du grand Pontife étoit
de confacrer les Prêtres & les Levites. Mais
nous ne fçaurions dire non plus que le P. Con-
feffeur ait par lui même ce privilege. En effet il
n'entre nullement dans cette Sainte Ceremonie,
fi ce n'eft qu'on veuille faire paffer la nomination des Evêques & de nos Abbez, pour une
efpéce de confecration : Et que le Pere y ayant
autant de part qu'on fçait, il ne foit vrai de
dire en ce fens, qu'il fait des Evêques, des Abbez,
& d'autres perfonnes élevées aux Dignitez Ecclefiaftiques, qui font de Nomination Roiale. Car
la confecration des Miniftres confiftant par l'im-
pofition des mains & par l'onction qui donne
ce caractere & ce pouvoir; cela fe fait dans l'E-
glife par ceux là feuls à qui les faints Canons en
donnent l'autorité. Mais dans le monde, dans l'in-
trigue, dans l'effet du credit & de la politique,
il faut demeurer d'accord que c'eft, pour ainfi
dire, confacrer des Evêques & d'autres Benefices, que de les appuyer utilement, exclure
les

ſes uns , faire connoître les autres , les avancer
ou reculer , ſelon qu'on les juge favorables à
ſes interêts & à ſon parti : En un mot faire tant
qu'il n'y ait dans ces dignitez que ceux qu'il
plaît au R. Pere , & de ſa dependance , deſ-
quels on s'eſt auparavant aſſuré: le reſte ne paſſe
que pour une ceremonie de cette conſpiration:
& on ne la diſpute point à ceux à qui il appar-
tient de la faire , parce qu'elle ne donne aucun
credit , & ne fait point de creatures , en comparaiſon de celle , qui fait , comme l'on parle
dans le monde , la fortune de bien des gens.
S'il ſe trouve en celà du rapport entre le R. Pere
& le Grand Prêtre , ce rapport paroît bien
éloigné.

Le troiſiéme emploi du Grand Pontife con-
ſiſtoit à definir & determiner les controverſes
de la Loï : & ſes deciſions étoient ſi abſolues,
qu'elles devoient être receuës ſous peine de
mort. (b) Nous n'avons point veû juſqu'icy que
lors qu'il s'eſt élevé des controverſes de Religion,
on ſe ſoit adreſſé au P. Confeſſeur de Sa Majeſté,
pour demander & attendre ſa deciſion ſur ces
matiéres. On ſçait ſeulement que pluſieurs de
ſes Confreres ayant avancé dans leurs Sermons
ou dans leurs Livres une doctrine & des maximes corrompuës , fauſſes & erronées ; ce Re-
verend Pere y eſt entré pour les autoriſer ,
pour les appuyer , & pour les ſoutenir ; en
ſorte que le parti de ceux qui ſe ſont
atta-

(b) *Deut.* 17. *v.* 12.

attachez simplement & chrétiennement aux
veritez les plus orthodoxes & les plus saintes,
a été traversé, persecuté, & reduit au silen-
ce : tandis que l'erreur & la calomnie sont
demeurez impunies, & en ont produit de nou-
velles presque chaque année. Dans tous les en-
droits de ce Roiaume & ailleurs on en voit
debiter & paroître une infinité dans les Livres,
dans les Sermons, & dans les Théses des Peres
Jesuites ; si on en fait du bruit, ou qu'elles
viennent jusqu'à la Cour, le R. Pere les publie
ou les authorise par son credit.

Il est vray que ses decisions ne font pas exe-
cutées sous peine de mort, comme celles du
Grand Prêtre. Mais on n'éprouve que trop ce
que produisent les impressions desavantageuses
qu'il donne de ceux qui ne font pas dans les
sentimens & dans les interêts de la Compagnie.
N'a-t-on pas vû degrader & dépouiller de leurs
benefices des Prêtres qui les avoient reçûs &
possedez selon les regles, & qui en exerçoient
les fonctions avec édification ? N'a-t-on pas
vû les uns condamnez à l'exil, & aux prisons
perpetuelles; & d'autres contraints de prendre la
fuite & de se derober au monde ? N'a-t-on
pas vû des Theologiens d'une celebre Univer-
sité traverser la France en demandant leur
pain : De saints établissemens & des Con-
gregations entieres dissipées & absolument dé-
truites, ou dans une oppression qui ne finit
point ? Et de tout celà, il y en a presque autant

tant de Prêtres, qu'il y a de prisons obscures &
reculées dans le Roiaume, où l'on voit au haut
des vieilles tours , & au fond des cachots des
Prêtres mal traitez & enfermez , sans qu'on les
ait convaincus d'autre crime que de n'avoir pas
suivi ny approuvé les dogmes pernicieux des
RR. PP. ou d'en avoir fait voir l'erreur , &
l'impieté. Ce troisiéme rapport ne se peut justifier qu'en ce sens , mais qui selon Dieu n'est
gueres avantageux au R. Pere.

Le quatriéme employ du Grand Pontife étoit
d'être appliqué à Dieu, pour implorer ses lumiéres dans les affaires importantes & difficiles: (c)
& dedit illi in præceptis suis potestatem..... &
in lege sua dare lucem Israël. Le Pontife en
Médaille a-t-il été vû veiller, prier, tendre les
bras au Ciel jour & nuit, jeûner, s'affliger, pour
tant de maux qui affligent l'Eglise & l'Etat;
lui qui est accablé de soins & d'intrigues pour
faire reüssir tous les desseins & toutes les entre-
prises de sa Compagnie ; luy qu'on trouve à
la tête de toutes ses affaires bonnes ou mauvai-
ses ; luy dont la dépense est reglée par jour sur
l'état de la Maison du Roy à soixante & dix
huit livres plus ou moins , suivant la difference des jours gras ou maigres , sans conter les
frais extraordinaires ; lui enfin dont toute la vie
est un état de trouble & d'agitation , suivant
tous les engagemens que ceux qui gouvernent
sa Compagnie , l'obligent de prendre souvent

même

(c) *Eccli.* 45. *v.* 21.

même aux depens de sa reputation, comme il arrive dans mille fausses demarches qu'ils lui font faire ? Que ce nouveau Pontife a-t-il fait pour le bien de sa Mere commune ? Qu'on examine où tendent toutes les vuës de sa Societé qu'il feconde si infatigablement. Tout se termine à son agrandissement, à la multiplication de ses établissemens, au progrez de son credit & de sa puissance, à mettre au dessous d'elle & à s'élever sans eux sur la tête de tous les autres. Ces bons Peres ont-ils jamais condamné ou abandonné leurs Théologiens & leurs Autheurs, quelque scandaleuse, quelque impie., quelque fausse , & même quelque heretique qu'ait été la doctrine qu'ils ont enseignée & soûtenuë ? Ont-ils jamais pardonné à ceux qui l'ont combatuë & refutée ? N'ont-ils pas toûjours tenu que quiconque n'est pas pour eux est contre eux, & que quiconque est contre eux, merite leur haine, leurs menaces, & les terribles effets de leur indignation ? On n'entre point dans le detail des faits pour justifier ce qu'on avance : outre qu'ils sont hors de mon dessein, ils sont publics & tout le monde les sçait.

Comment donc le R. Pere pourroit-il au milieu de ces intrigues, de ces mouvemens, & de ces soins, avoir rapport au Grand Prêtre, dont l'employ l'appliquoit incessamment à lever les bras au Ciel, & à prier Dieu pour Israël ? (d)   Si

(d) 1. paral. 6. v. 9. Eccli. 45. v. 20.

Si les rapports precedens font tirés de l'ancien
Teſtament, & que le Nouveau Pontife pre-
tende que ſa fonction n'exige pas des convenances ſi exactes; ſi, dis-je, il refuſe de prendre les choſes de ſi loin, & de ſe juſtifier par
de ſi anciens tîtres : peut-être trouvera-t-il bon
que nous cherchions ſa reſſemblance au Grand
Prêtre par rapport à la Loy nouvelle. En effet
c'eſt le tître qu'on pourroit donner aux Evêques : & ſi le Pere de la Chaize ne ſe fait pas
donner la Mître, & s'il n'eſt pas élevé à cette
dignité dans l'Egliſe par l'obſtacle qu'y mettent
ſes Conſtitutions; il joüit preſque du même
rang, il en reçoit preſque tous les honneurs &
les avantages, par l'uſurpation que la plûpart
des Prélats ſouffrent qu'il en faſſe tant à la Cour,
que dans leurs Dioceſes; tant ils ſont devenus
eſclaves de ſa Compagnie. A la Cour, il n'y a
gueres de Grands Seigneurs qui ne rendent plus
de déference au Pere Confeſſeur qu'à tous les
Prélats. Ils le regardent comme capable de les
ſervir ou deſervir auprés de Sa Majeſté, non
ſeulement à l'égard des dignitez Eccleſiaſtiques, mais auſſi pour les charges Seculieres.

Ne ſçait-on pas quelle facilité trouvent dans
leurs affaires ceux qui ſont entierement de-
vouez aux interêts de la Compagnie, & quel
ſecours c'eſt pour eux, que le Roi ſoit prevenu
favorablement pour un ſujet, dont le Pere
Confeſſeur aura loüé les bonnes mœurs, la
vertu, le merite, & qu'on tâche par toutes
voies

voïes d'avancer : afin que le fuccez de cette protection en quelques-uns, infpire des efpe-rances aux autres, & retienne le plus grand nombre dans la dependance du R. Pere. Ce-pendant il pourroit être permis de dire que ces amis des Peres Jefuites, ne font pas exemts de deffauts, & que fouvent il ne leur manque que celuy de ne leur pas déplaire.

Mais quand même on ne voudroit pas croire la protection du P. Confeffeur fi efficace ; du moins eft-il vray d'affeurer qu'un homme qui n'eft pas aimé des RR. PP. ne s'avance point dans les charges Ecclefiaftiques ; ou que s'il y parvient, il fent tôt ou tard le poids de leur colé-re : Tant il eft fûr que le credit du P. Con-feffeur a directement ou indirectement fon ef-fet dans le confeil de Confcience, & qu'il peut nuire du moins, s'il ne fert pas : comme l'un arrive bien plus fouvent que l'autre. C'eft ce qui lui attire cette Cour d'Ecclefiaftiques pre-tendans, qui fçavent que c'eft-là un des chemins qu'il faut prendre pour monter plus haut, ou pour obtenir quelque chofe, & que pour ne manquer à rien, il ne faut pas negli-ger un moien, qui devient un obftacle pour ceux qui n'y ont pas recours.

Ainfi quand le R. Pere ne feroit pas Pon-tife par onction & par caractére, il l'eft par une efpece d'equivalent, & par tous fes attri-buts utiles qui dependent de ce titre : fi bien qu'il y a un grand nombre de Diocefes, où les

plus

plus ſages, les plus ſçavans, les plus pieux, & les
plus dignes Eccleſiaſtiques, n'auront jamais une
miſſion ſuffiſante pour exercer leurs fonctions,
ſi le R. P. & ſa Compagnie leur refuſent leurs
ſuffrages, ou témoignent ſeulement ne les pas
connoître. En un mot où le P. Conſeſſeur &
ceux de ſa Compagnie ſont plus Evêques que
ceux qui en ont le caractere & le titre: parce que
la politique & l'adreſſe de ces Peres y ont in-
troduit des gens, qui leur ſont trop redevables
pour ne pas ſuivre en tout leurs maximes &
leur conduite. Il eſt donc vrai que le R. Pere
eſt plus grand Pontife en certaines choſes, que
les Evêques de l'Egliſe de France.

Mais peut-être que ſans enviſager les choſes par cette face, il a fondé ſa comparaiſon
avec le Grand Prêtre ſur une autre ſorte de
convenance. Il faut avouër que dans l'Egliſe
de Dieu & ſelon la ſainte pratique de ſa diſci-
pline, tout Prêtre & tout Conſeſſeur a part
juſqu'à un certain degré à la fonction du
Grand Pontife, entant qu'il exerce le Sacer-
doce dans ſon acte le plus ſublime, qui eſt
celui d'offrir le Sacrifice & de lier ou délier,
ceux que le Sacrement de Penitence ſoumet à
ſon Miniſtere.

Ainſi le P. Conſeſſeur, humble & moderé,
ne le prendra pas ſur un ton plus haut, & il
ſe contentera de ſçavoir qu' il a l'honneur d'ê-
tre Prêtre , & qu'en cette qualité pouvant
offrir le Saint Sacrifice, & abſoudre ou ne

pas

pas abſoudre ſes Penitens qui viennent à lui &
ſe proſternent à ſes genoux ; ce ſeul caractere
lui donne aſſez de droit & de relief, pour ne
ſe pas croire inferieur au Grand Prêtre de la Loi
ancienne. Sans donc rechercher plus curieu-
ſement de plus particuliers rapports avec ce
Grand Pontife, le R. Pere s'en tient à cette
onction de la Loy nouvelle : de crainte de re-
veiller l'orgueil qui n'eſt que trop naturel à
l'homme, & de ſoüiller par des vûës d'une
complaiſance charnelle un Miniſtere de pureté
& de Sainteté, qui ne peut élever devant
Dieu ceux qui l'exercent, qu'à proportion de
leur humilité.

A la bonne heure que le P. Confeſſeur ſoit
Pontife en ce ſens, nous y conſentons ; mais
qu'il prenne ſes Lettres du Crucifix. Nous
lui accordons en qualité de Prêtre qu'il ſoit
& qu'il ſe diſe Pontife, parce qu'il offre le
Sacrifice de la plus ſainte de toutes les victi-
mes, qui eſt l'Agneau que tous ſes Eſprits
Celeſtes adorent : qu'il ſoit Pontife, qu'il prie
pour tout le peuple Chrétien, & pour la Per-
ſonne Sacrée de Sa Majeſté, auprés de la quelle
il a un ſi favorable accés : & qu'il s'en ſer-
ve pour aider ce grand Roi à devenir un grand
Saint & un veritable heritier de la Couronne
Spirituelle de Saint Loüis, comme il l'eſt de
ſon Sang, de ſon Nom, de ſon Roiaume, &
de ſa Couronne Temporelle.

Mais qu'il ne ſe perſuade pas que s'il eſt
Pon-

Pontife en ce sens, ce soit un titre qui lui soit particulier. Qu'il reconnoisse au contraire que cette qualité lui est commune avec tout ce qu'il y a d'autres Prêtres dans l'Eglise ; & qu'ils n'ont pas moins de droit que luy de s'attribuer le Symbole du Grand Prêtre. Qu'il renonce donc à la qualité de Pontife, si elle enfle son orgueil, si elle luy fait croire qu'il soit d'un rang plus haut que tous les autres Prêtres, si elle luy inspire du mépris pour eux, & si elle luy donne la hardiesse de dominer indirectement sur le Clergé de France, par l'abus de son credit. Qu'il craigne le terrible poids qui est attaché à son emploi de Confesseur, & de Confesseur d'un Roy. Qu'il sente le fardeau pesant de sa fonction. Qu'il apprehende dans ce qu'il rapporte au Conseil de Conscience, de favoriser soit l'ambition & la cupidité des Ecclesiastiques qui lui font la Cour, soit les passions & les secretes vengeances ou les desirs interessez de sa Compagnie. Qu'il agisse en vray Ministre de l'Autel & des Sacremens, sans d'autre vûë que celle du bien de l'Eglise : & pour lors, quand nous le verrons trembler, gemir & prier dans l'exercice de ses saintes fonctions, nous le proclamerons grand & digne Prêtre, grand & digne Serviteur de Dieu, grand & digne Ministre de son Eglise : quand, dis-je, dans le grand & formidable emploi de Confesseur des Rois, il recherchera plûtôt la distinction que

B

don-

donnent les vertus Chrétiennes , que celle qu'il prétend emprunter de la figure & de l'Encensoir du Grand Prêtre des Juifs.

§. 2.

L'on examine les paroles du Grand Sacrificateur, empruntées & adoptées par le R. Pere Confesseur.

MIhi *Sancta patent* : Le Sanctuaire m'est ouvert, dit le Grand Pontife de la Loi des Juifs. Ces paroles font justes, exactes & veritables dans la bouche de ce Grand Prêtre, & convenables à sa personne. Il étoit choisi pour celà ; à luy appartenoit cet honneur & cette prerogative : & c'étoit le privilege de sa dignité. Il n'y avoit que luy qui pût entrer en la participation immediate de ce qui s'appelloit alors par excellence, *les choses saintes*. Celà se justifie par les termes de la Loi, qui ont reglé l'exercice & les fonctions de sa charge : & rien n'est plus exprés pour luy. Mais lorsque le R. Pere s'attribue la même chose, & rend siennes , propres & individuelles les mêmes paroles , elles deviennent étrangement equivoques , ou plûtôt entierement fausses. Il faut toûjours presupposer ce que nous avons établi dés le commencement que le R. Pere en qualité de Confesseur du Roi n'a aucun pouvoir ni droit de rien decider dans l'Eglise ; qu'il n'est
point

point réellement élevé au deſſus des autres
Prêtres & des Evêques ; & que ſon unique
emploi ſe borne à exercer le Miniſtere de Confeſſeur. C'eſt donc ſous ce tître qu'il faut uni-
quement le conſiderer dans ce ſecond article;
& il faut examiner s'il luy donne droit de dire:
Mihi Sancta patent : les choſes Saintes me ſont
découvertes.

Mihi, à moi. Mais en vertu de quoi, &
comment les choſes ſaintes ſont-elles découvertes à un Confeſſeur du Roi ? Où en eſt
écrit le privilege ? D'où vient-il , & qui luy
en a fait don ? Eſt-il renfermé dans l'établiſ-
ſement de ſa dignité ? L'acquiert-il auſſi-tôt
qu'il a été nommé par le Roi ou preſenté par
ſa Compagnie pour remplir cette place ? Ou
faut-il quelque Ceremonie, quelque inaugu-
ration, quelque inveſtiture pour le luy rendre
propre ? Ce double canal de la nomination du
Roi & de la preſentation que la Compagnie
fait d'un de ſes Religieux à Sa Majeſté , fait-il
couler quelque qualité , quelque diſpoſition,
quelque habitude d'ame ? Et ce concours de la
puiſſance qui choiſit & preſente le plus habile
de ſon corps , & de la puiſſance qui accepte &
qui nomme, éclaire-t-il l'eſprit, touche-t-il &
reforme-t-il le cœur ? Ces deux puiſſances, dis-
je, purifient-elles aſſez l'ame pour luy faire voir
à découvert les choſes ſaintes , pour l'inonder
des lumiéres celeſtes , pour luy donner une
pleine connoiſſance des choſes les plus ſacrées,

B 2 &

& les plus redoutables de la Religion ; dont la vûë seroit capable de faire mourir le reste des hommes. (*d*)

Mihi , à moi. Le R, Pere devient-il par là tout d'un coup clairvoiant & illuminé ?

Mihi, à moi. Est-ce à lui seul que la Religion se manifeste, & pour lui seul que le Sanctuaire de la Loi nouvelle s'ouvre: ce Sanctuaire dont la revelation & l'entrée est promise plûtôt aux humbles & aux petits, qu'aux grands, aux sages du siecle, & aux superbes ?

Mihi, à moi. Les autres Confesseurs des Rois & du Pape même en seront-ils exclus : ou pourront-ils aussi pretendre au même privilege & se l'attribuer ?

Mihi , à moi. Est-ce le Privilege de l'emploi ? Ou bien une prerogative attachée à la personne seule du R. Pere ?

Sancta , le Sanctuaire. Qu'entend-il par ce mot, & de quel Sanctuaire s'agit-il ? Ce terme doit-il s'entendre de toutes les choses saintes, de toutes les parties de la Religion, de ses Mysteres qui seroient inconnus à tous autres, & reservez pour lui seul ? Celà ne peut être : & il semble qu'on l'a suffisamment prouvé qu'on ne le sçauroit entendre en ce sens. Si donc le R. Pere Confesseur ne peut pas soûtenir que ce soit à lui seul que les choses saintes , & les Mysteres soient découverts, & que son emploi ne lui puisse affecter cette revelation ; il faut

qu'il

(d) *Levit.* 16, 17. *Num.* 4. 20.

qu'il foufentende autre chofe, & qu'il faffe fignifier peut-être à ce mot *Sancta* les chofes fecrettes qui fe difent en Confeffion: comme en effet dans les Auteurs & dans l'ufage commun on donne fouvent le nom de facré & de faint aux chofes dont le fecret eft inviolable.

Sancta, les chofes fecretes & revelées en Confeffion. Mais ce n'eft là qu'un langage figuré, dont on fe fert pour faire valoir l'obligation & la dignité du fecret : & ce ne peut jamais être le fens auquel cette parole eft propre au Grand Prêtre.

Sancta, le fecret de la Confeffion. Mais jamais Confeffeur a-t-il dit des pechez de fon Penitent : Les chofes faintes ou facrées me font découvertes, *Mihi Sancta patent ?* On n'appelle point ainfi la matiere de la Confeffion. Bien loin d'en donner cette idée, les Prêtres tâchent d'infpirer de l'horreur des chofes dont on vient s'accufer devant eux. Ils n'ont point de termes, de traits, d'expreffions affez fortes pour en exciter l'averfion, & en donner une idée terrible à leurs penitens. Ne conviendroit-il donc pas mieux fur ce principe, de faire dire aux Confeffeurs par rapport à ce qui leur eft découvert par la Confeffion : *Mihi horrenda, deflenda, expianda patent :* puifque l'Eglife & Dieu appellent de cette forte les mauvaifes actions & les pechez des hommes ? C'eft pourquoi que le R. Pere reforme fa Médaille, & mette *mihi expianda patent,* en fe reprefentant dans les larmes & dans la douleur, & portant les iniquitez du peuple de Dieu, comme il étoit commandé à Aaron : *Portabit iniquitates eorum, &c. Exod. 28. 38.*

Sancta. Les choses sacrées. Cette expression est donc icy équivoque, & ne se peut attribuer au Pere Confesseur, que dans le sens où elle ne peut convenir au Grand Prêtre qu'il prend pour son Symbole.

Patent, me sont découvertes. Mais comment pourra-t-on joindre ce dernier mot avec le precedent, si l'on se reduit à n'entendre par le mot , *Sancta* , que les choses sacrées qui sont de la competence du R. Pere dans la Confession ? Est-ce à dire que toutes les fois qu'il le veut & comme il luy plaît, ce secret luy est découvert : ou qu'il n'y a que luy à qui le Penitent puisse ou ose s'en ouvrir ? Le Confesseur n'a connoissance de ces choses que par l'aveu du Penitent, qui a la liberté de choisir qui il luy plaît en certains cas & en certains tems.

Patent , me sont découvertes. Mais en quel tems , & quel est le langage d'un homme prosterné aux pieds du Ministre de ce Sacrement? Comment s'explique-t-on ? Dit-on autrement, sinon , je m'accuse d'un tel peché, j'ay fait , j'ay commis une telle faute , j'y suis tombé ? Et se trouve-t-il quelqu'un qui s'avise de dire à son Confesseur : je vous vas découvrir des choses saintes ou sacrées , des

Myste-

Myſteres de mon cœur , dont vous pourrez
vous glorifier devant les hommes par la décou-
verte que je vous en fais , & par l'entrée que
je vous donne dans mon Sanctuaire ? Enten-
dez des Myſteres , que vous pourrez comparer
à ceux qui étoient revelez au Grand Pontife
des Juifs dans le Saint des Saints. Aprés m'a-
voir oüy ; vous manifeſterez mes foibleſſes ,
mes folies , la corruption de mon cœur,
tout le ſujet de ma douleur & de mes larmes,
les juſtes cauſes de mes craintes, de mes al-
larmes , & de mes profonds ennuis ; faites-
vous de tout celà un ſujet de vanité , de gloire,
de triomphe. Et afin que l'éclat que vous pre-
tendez en faire rejaillir ſur vous & ſur les vô-
tres , ne s'efface pas par la courte durée de
vôtre vie ; tâchez , ô mon Pere Spirituel,
Medecin de mon ame , digne Miniſtre de
l'Egliſe & de ſes Sacremens , que cet éclat &
cette gloire paſſe à toute la poſterité , par les
moiens que les plus fiers conquerans ont pû
trouver pour immortalizer leur nom & leurs
actions.

Patent , me ſont découvertes. Quoy !
Aprés le détail de ce que le Penitent a dit , ce
que l'on croit que tout bon Chrétien fait avec
une douleur ſincere & avec gemiſſement , le
Confeſſeur ſe levant du Tribunal aprés l'avoir
abſous , auroit-il bonne grace de publier à
haute voix & de crier de toute ſa force , pour
apprendre à tous les hommes que ſa gloire eſt

B 4

égale

égale à celle du Grand Prêtre des Juiſs : &
que ce qu'il vient d'entendre luy a donné un
entrée auſſi glorieuſe que l'étoit à ce Grand
Pontife l'entrée du Sanctuaire : que par là il
luy eſt comparable ? & qu'il a droit de prendre aprés celà pour Symbole, & l'Arche &
le Grand Prêtre, & l'Encenſoir & le Voile,
& tout ce qui compoſoit le Sanctuaire ? Enfin
peut-on dire raiſonnablement que le R. Pere
voulant faire connoître à toute la terre, &
tranſmettre à nos deſcendans qu'il a été un
homme rare & diſtingué, parce qu'il a con-
feſſé le Roi Trés-Chrétien Loüis le Grand,
s'en eſt expliqué avec juſteſſe & jugement,
en faiſant graver ſur le bronze ces paroles,
mihi Sancta patent : & en diſant, je viens
d'abſoudre un Prince humilié devant Dieu & devant les hommes, contrit de ſes pechez, & pene-
tré du ſentiment que toute ſa Grandeur ne doit
pas l'exempter d'avoir de ſon neant devant la
Majeſté Souveraine du Dieu qu'il adore : &
je tire tant de gloire des choſes ſecretes, dont
ce Prince s'eſt accuſé ſi humblement, que
je me conſidere comme le Grand Prêtre, lorſ-
qu'il entroit dans le Saint des Saints, & que
je vas tâcher pour ſignifier tout celà, qu'on
n'en perde jamais la memoire, tant qu'on lira
ces paroles autour de la Médaille que j'ay fait
frapper, *mihi Sancta patent.*

Helas que les ſentimens du Penitent demen-
tirpient bien les paroles du Confeſſeur, ſi nous

nous

nous arretions icy un moment pour l'écouter, lors qu'il emprunte d'un autre Roi penitent les mouvemens que sa pieté lui fait concevoir. Car de quelle maniere ce Roi Prophete parloit-il de ses pechez & de la Confession qu'il en faisoit à Dieu. S'il n'avoit pas de Religieux qui l'entendît, & qui lui donnât l'absolution, il n'en étoit pas moins severe envers lui-même, & il ne se pardonnoit pas ses fautes. Il les reconnoissoit, il les a écrites dans ses Pseaumes, & il les appelle par leur nom, nommant vanitez & illusions les choses qu'il éprouvoit en luy-même, ou ce que les ennemis de son bonheur lui pouvoient dire pour flatter son orgueil, auquel il avoit resolu de renoncer. *Quoniam lumbi mei impleti sunt illusionibus.. Et qui inquirebant mihi mala, locuti sunt vanitates. Psal.* 37. Mais le R. P. n'en juge pas de même: il les nomme autrement. Il se fait un honneur & un titre de gloire d'être Confesseur: & au lieu de partager les sentimens de douleur avec son penitent, & de dire en vrai Ministre de ce Sacrement : *Mihi pœnalia dolendaq; patent,* il trouve plus beau ce sentiment d'illusion & de vanité : *Mihi sancta patent.*

O illusion! d'affoiblir ainsi l'idée qu'on doit avoir des pechez des hommes par des termes flatteurs, par des mots specieux, & des expressions superbes. Le Prophete Nathan eut-il un semblable retour de complaisance sur lui-même en s'acquittant de sa mission? Il ne se flatta point de la grandeur de son Ministere. Il

ne flatta point David : il ne se servit point
de mots équivoques en parlant de ce qu'il sça-
voit de ses pechez. Qu'on life dans le 12. Cha-
pitre du 2. Livre des Rois ce qui se passa en
cette rencontre. Rien n'attire l'attention sur
Nathan : le recit est simple , le fait seul est
representé : & il ne viendra jamais dans l'esprit
du Lecteur que ce Prophete ait jamais con-
çû la pensée de faire graver sur le bronze aucun trait capable de relever l'éclat de la fonction dont Dieu l'avoit chargé.

Que le R. Pere revienne donc à des sentimens plus modestes & plus conformes à un
Religieux mendiant. Qu'il efface de sa Medaille & encore plus de son esprit, ces paroles
qu'il ne devoit jamais s'attribuer en quelque
fens qu'on les prenne , *Mihi sancta patent.*
Quand elles ne signifieroient que l'importance du secret dont il est chargé , il ne faut pas
même que ceux qui ont part au secret des Prin-
ces , semblent le sçavoir, On sçait que les
Ministres d'Etat n'affectent rien tant que de
paroître ignorer les choses qui leur font le plus
connûës. On lit dans l'Ecriture cette maxime
en termes exprés : *Sacramentum Regis abscon-
dere bonum est. Tob.* 12. 7. Aussi est-ce une
chose juste & raisonnable. Les Souverains plus
que personne du monde ont besoin de secret
dans tout ce qui concerne leurs affaires : &
il faudroit, s'il étoit possible , que ceux à qui
ils le confient, fussent invisibles au reste des
hom-

hommes, de crainte qu'on ne reconnoisse en eux quelques foiblesses par où on les croiroit capables de le violer. Il est encore plus important & plus necessaire que ce qui se passe avec le Confesseur soit caché : & sur tout qu'on ne croie pas ce Confesseur capable d'une vanité qui diminuë si fort l'opinion qu'on doit avoir de ses grandes qualitez. Nul particulier ne seroit bien-aise que quelqu'un se vantât de sçavoir tous ses secrets. Pourquoi donc le R. P. veut-il apprendre à toute la terre, & à tous les siecles qu'il sçait les plus secretes pensées, & les plus secretes actions de son Prince : c'est-à-dire, des choses que par respect il devroit se dissimuler à lui-même, ou ne s'en souvenir que pour s'en humilier, en gemir, & être plus détaché des choses vaines.

F I N.

ADDI-

ADDITION.

POur ce qui eſt des avantages qui reviennent
au R. P. de la Chaize en qualité de Confeſſeur du Roi , il eſt certain qu'aprés chaque
Confeſſion , il reçoit une gratification de deux
mille écus. Ce qui a fait dire à un homme d'eſprit , que les Jeſuites ſont trop intereſſez dans
l'affaire de la frequente Communion , pour ne
pas décrier toûjours le plus qu'ils pourront le
Livre de Mr. Arnaud ſur ce ſujet. Il eſt certain
deplus que ledit P. Confeſſeur a de depenſe reglée tant qu'il eſt à la Cour 75. liv. par jour en
gras, & 78. liv. par jour en maigre. Ce qui pourroit donner lieu au R. P. de la Chaize de tenir
une trés-bonne table , ſi ſa modeſtie ne s'y op-
poſoit.